ERZÄHLUNG

Corrie Hafkamp

Ein Kuss für Alida

Corrie Hafkamp

Corrie Hafkamp wurde am 15. August 1929 in De Bilt in den Niederlanden geboren. Ihr erstes Buch veröffentlichte sie 1967 und seit 1975 schreibt sie Kinder- und Jugendbücher.

Ein Kuss für Alida

Aus dem Niederländischen von Carola Henke

RAVENSBURGER BUCHVERLAG

Mit Fotos von Susanne Haberer

Deutsche Erstausgabe
als Ravensburger Taschenbuch
Band 2136
erschienen 1999

Die Originalausgabe erschien 1992
bei Uitgeverij Zwijsen Algemeen B.V.
Tilburg unter dem Titel „Een zoen voor Alida“

Umschlagillustration: Susanne Haberer

RTB-Reihenkonzeption:
Heinrich Paravicini, Jens Schmidt

Printed in Germany

Die Schreibweise entspricht den Regeln der neuen Rechtschreibung.

5 4 3 2 1 03 02 01 00 99

ISBN 3-473-52136-1

ERZÄHLUNG

INHALT

I. Im Winter 1943

Ein Soldat im Garten

Mit eiskalten Fingern band Geertje
einen Wollfaden um das Päckchen.
Es war der 12. November 1943
und der Geburtstag ihrer Mutter.
In dem Päckchen war ein Stück echte Seife.
Keine von diesen seltsamen Luftseifen,
die auf dem Wasser schwammen.
Luftseife, das war Seife,
die man im Laden für einen Bezugsschein bekam.

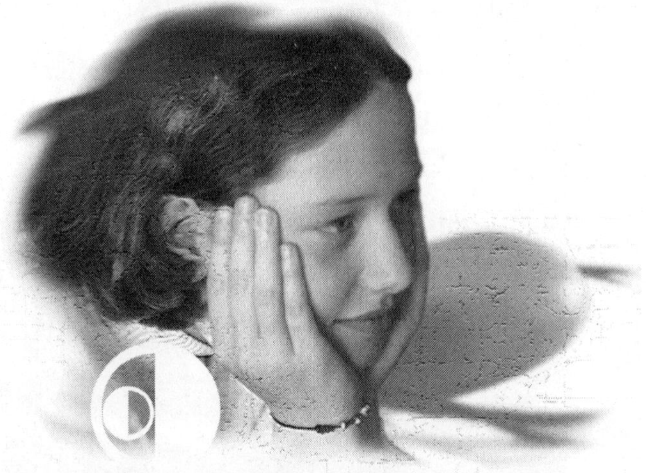

Ein mit Luft voll gespritztes Stück Nichts,
das nicht schäumte.
Sie hatte echte Seife,
Luxusseife!
Getauscht gegen den Ring mit dem roten Stein,
der noch von Oma war.

Der verrückte Gerrit
war über den Tausch froh gewesen.
Wenn man Schmuck hatte,
konnte man gut mit ihm Geschäfte machen.
Der verrückte Gerrit war Gehilfe
in der Autowerkstatt der Deutschen.
Er bekam alles von ihnen, vor allem Essen.
Indem er sich viel verrückter benahm,
als er war, bekam er alles.
Die Deutschen hatten keinen Hunger
und keinen Mangel.
Sie raubten das besetzte Holland fast leer.
Der verrückte Gerrit sparte den Schmuck
für die Zeit nach dem Krieg,
weil er reich werden wollte.

Geertje hatte die Zähne aufeinander gebissen,
als sie ihm den Ring gab.
Es fiel ihr schwer, ihn wegzugeben.
Aber nein, nicht jammern!
Mama musste etwas zum Geburtstag haben!

So, das Päckchen war gut verpackt.
Geertje rannte damit die Treppe runter,
ins Wohnzimmer.
In Gedanken sah sie schon
das Gesicht der Mutter.
Echte Seife! Das war nicht ohne!
„Herzlichen Glück..." Geertje brach ab.
Ihre Mutter und die beiden Kleinen
saßen totenstill am Tisch.
„Pssst! Setz dich und benimm dich wie immer",
zischte ihre Mutter.
Direkt vor dem offenen Flügel der Gartentür
war ein deutscher Soldat zu sehen.
Er stand mit dem Gewehr im Anschlag da.
Das Gewehr war auf die Mitte des Tisches
gerichtet.

Mit zitternden Beinen setzte sich Geertje hin.
„Wen suchen sie? Suchen sie Papa?“,
flüsterte sie.
„Ich weiß es nicht“, sagte ihre Mutter,
während sie Geertje Tee-Ersatz eingoss.
Ohne etwas zu sagen,
legte Geertje ihr Päckchen auf den Tisch.
Das frohe Gefühl über den Geburtstag
und das feine Stück Seife für Mama verschwand.
Der Soldat stand nur da.
Geertje hatte ein Gefühl,
als ob im Zimmer keine Luft mehr wäre.
Sie konnte kaum noch atmen.
Plötzlich stand Mutter mit einem Ruck auf.
Sie öffnete die Schiebetüren
zum vorderen Zimmer.
Kalte Luft strömte ins Wohnzimmer.
An der Vorderseite des Hauses
stand auch ein Soldat mit einem Gewehr.
Warum standen sie da?
Warum kamen sie nicht herein?
Wen suchten sie? Suchten sie Papa?
Geertjes Vater war untergetaucht.

Er versteckte sich in einer alten Fabrikhalle.
Alle Männer zwischen 18 und 40 Jahren
mussten nach Deutschland.
Sie wurden gezwungen
dort in Waffenfabriken zu arbeiten.
Viele Männer wollten das nicht.
Sie tauchten unter und versteckten sich.
Wie Geertjes Vater.
Die Fabrik arbeitete auch für die Deutschen,
aber mit eigenen Leuten, mit Niederländern.
Sein Versteck war eine große,
hohe Rolle Packpapier,
die innen hohl war.
Natürlich konnte er nicht immerzu da drin sein.
Er kroch rein, sobald Gefahr bestand.
Manchmal kamen ein paar deutsche Offiziere,
um zu kontrollieren,
ob hart genug gearbeitet wurde.
Dann krochen die Untergetauchten
in ihre Verstecke.
Geertje schaute zu den Soldaten
mit den Gewehren.
Wen suchten sie?

Ihre Hände waren feucht.
Unter ihrem Bett
lagen ein paar verbotene Zeitungen.
Das war dumm!
Sie hätte sie verbrennen sollen.
Zeitungen, die nach dem Austragen übrig waren,
mussten sofort weg.
Sie war ein Dummkopf!
Sollten die Soldaten herausfinden,
woher die Zeitungen kamen?

Warum kamen sie dann nicht herein?
„Ich halte das nicht mehr aus. Ich frage ihn“,
unterbrach Geertjes Mutter die ängstliche Stille.

Sie öffnete die Tür zum Garten und fragte:
„Was ist los? Warum stehen Sie hier?“
„Weg, weg“,
schnauzte der Mann mit dem Gewehr.
„Tür zu, weg!“
Er fuchtelte mit dem Gewehr herum.
Mutter schloss die Tür
und setzte sich erschrocken wieder an den Tisch.
Und dann ertönten zwei Schüsse.
Kurz und trocken und laut
knallte es durch die Winterluft.
Die Soldaten drehten sich schnell um.
Sie standen nun mit dem Rücken zum Fenster.
Da sprang ein Mann über die Hecke.
Er drückte einen Arm mit dem anderen
an den Körper.
Es war Appie Middag,
der sich drei Häuser weiter
auf dem Dachboden
versteckt hatte.
Sie hatten ihn gefunden!
Appie rannte durch den Garten
in Richtung Schrebergärten.

Der Soldat von der Gartentür
rannte hinter ihm her.
Von drei Seiten kamen weitere Soldaten.
„Stehen bleiben! Hände hoch!"
Der Soldat von der Gartentür
schoss in die Luft.
Appie blieb stehen
und streckte einen Arm hoch.
Der andere hing schlaff herunter.

Sie hatten ihm in den Arm geschossen.
Mit einem Gewehr in seinem Rücken
wurde er vorwärts gestoßen.
Ein Soldat öffnete die Küchentür.
Durch die Küche und den Flur von Geertjes Haus

wurde Appie auf die Straße gebracht
und in das bereitstehende Auto gestoßen.
Appies Mutter kam weinend
mit seiner Jacke angelaufen.
„Seine Jacke! Er muss seine Jacke anziehen.
Appie erkältet sich!“, rief sie.
Ein Soldat stieß sie zur Seite.
„Appie braucht keine Jacke“, sagte er.

Dummheit

Die halbe Nachbarschaft lief zusammen,
aber keiner tat etwas.
Die Menschen sahen einfach zu,
wie Appie mitgenommen wurde.
Er hob eine Hand,
um seiner Mutter
Auf Wiedersehen zu sagen.
Frau Middag stand da und weinte,
die Jacke ihres Sohnes in der Hand.
„Geh rein!“, raunzte Geertjes Mutter.
„Kümmer dich um die Kleinen.“
Geertje nahm Hansje und Annie mit hinein.
Etwas später kam auch ihre Mutter,
zusammen mit Frau Middag.
Mutter setzte sie auf einen Stuhl
und versuchte sie zu trösten.
„Beruhigen Sie sich.
Er kommt bestimmt wieder zurück.

Wir werden gleich fragen,
wohin er gebracht worden ist.
Es wird alles wieder gut."
Aber Geertje wusste,
dass es nicht wieder gut werden würde.
Appie brauchte keine Jacke.
Das bedeutete,
dass man ihn erschießen würde.
„Wir haben noch ein bisschen richtigen Kaffee",
sagte Geertje. „Soll ich eine Tasse
für Frau Middag kochen?"
„Eine gute Idee", sagte Mutter.
Frau Middag weinte weiter
und die beiden Kleinen weinten auch.
„Seid still! Haltet den Mund!", rief Mutter,
die langsam auch die Fassung verlor.
Nun heulten die Kleinen noch lauter.
Frau Middag stand auf,
nahm Appies Jacke
und sagte: „Ich gehe ihn suchen.

Er muss seine Jacke anziehen.
Es ist viel zu kalt."
Niemand hielt sie zurück.

Geertjes Mutter starrte totenstill
auf das Stückchen Luxusseife in ihren Händen.
Geertje versuchte die Kleinen zu beruhigen.
Annie kreischte: „Appie, Appie, Appie!“
Und Hansje heulte, weil Annie heulte.
„Wie kommst du an die Seife?“, fragte Mutter.
Sie hielt das Stückchen an die Nase
und schnupperte. „Sie riecht herrlich.“
„Das ist mein Geheimnis“, sagte Geertje.
„Was werden sie mit Appie machen?“
Ihre Mutter zuckte mit den Schultern.
„Ich weiß es nicht.
Er hat eine Widerstandsgruppe geleitet.
Es sieht nicht gut für ihn aus.
Lass uns aber nicht mehr darüber reden,
wenn die Kleinen dabei sind.
Warum musste er gerade in unserem Garten
gefasst werden?“
„Ja, und an deinem Geburtstag“, sagte Geertje.
„Ach ja, ich habe Geburtstag.
Danke schön für die Seife.
Ich freue mich sehr darüber.“
Geertje schwieg.

Sie wollte nicht erzählen,
dass sie ihren Ring dafür eingetauscht hatte.
Sie tranken echten Kaffee,
den sie für Frau Middag gemacht hatten.
Es war schade um den Kaffee,
weil sie ihn nicht richtig genießen konnten.

Geertje holte die Zeitungen
unter ihrem Bett hervor.
Sie stopfte sie eine nach der anderen
in den Kachelofen im Wohnzimmer.
Das Feuer loderte hoch auf.
So, weg war weg!

Obwohl Geertje erst 13 war,
trug sie jede Woche Zeitungen aus.
Für den Widerstand oder den Untergrund,
wie es auch hieß. Das waren Menschen,
die auf allerlei Arten die Deutschen behinderten.
Sie zerstörten die Schienen,
sodass die Züge nicht weiterfahren konnten.

Sie stahlen Waffen.

Sie verhalfen Untergetauchten zu einem Versteck und besorgten ihnen Essen.

Und es gab Untergrund-Zeitungen.

Darin standen die wahren Nachrichten und nicht all die Lügen der Deutschen, die in den üblichen Zeitungen zu lesen waren.

Geertje durfte die Zeitungen austragen, weil sie ein Mädchen war.

Mädchen waren weniger verdächtig.

Vor allem kleine Mädchen, wie Geertje.
Sie sah aus wie ein zehnjähriges Kind.
Aber so fühlte sie sich nicht.
Sie kam sich schon fast erwachsen vor
und war froh,
dass sie helfen konnte.
Bevor ihr Vater untertauchen musste,
hatte er die Zeitungen ausgetragen.
Danach hatte sie es
wie selbstverständlich übernommen.
Die Deutschen mussten weg aus ihrem Land.
Lieber heute als morgen.
Rotmoffen wurden sie genannt.
Rotmoffen, das waren sie.

Geertje schloss die Tür des Kachelofens.
Sie würde nie mehr so dumm sein
und Zeitungen aufbewahren.
Es war wahnsinnig gefährlich.
Nicht nur für sie selbst,
sondern für die ganze Gruppe.
Wenn die Zeitungen gefunden worden wären,

hätten die Deutschen sie mitgenommen
und verhört.
Namen hätten sie wissen wollen,
die Namen derjenigen, die die Zeitung machten.
Ob sie sie geschlagen hätten
oder hungern lassen?
Man durfte keinen Namen nennen,
niemals, nirgends!
Geertje bekam nachträglich noch Angst
bei dem Gedanken.
„Der Feind hört mit!“
Das stand jedes Mal als Warnung in der Zeitung.
Wie dumm ich doch gewesen bin, dachte sie.

Die Warnung

Diese Woche brauchte Geertje
keine Zeitungen auszutragen.
Es war nicht sicher.
Die Deutschen beobachteten ihr Viertel.
Es wurden immer mehr
Jungen und Männer festgenommen.
Alles Mitglieder des Widerstands.
Jemand musste die Adressen verraten haben.
Wer?, fragte Geertje sich.
Hatte Appie Namen genannt?
Hatten sie ihn gefoltert?
Oder hatte schon vorher jemand geredet
und war Appie darum festgenommen worden?
Fragen, Fragen, aber keine Antworten,
dachte sie.

Eine Woche später
war alles wieder wie immer.
Ein neues Paket Zeitungen
wurde für Geertje abgegeben.
Es wurde von jemandem
mit einer Biwakmütze gebracht.
Man konnte nur die Augen sehen.
Man konnte nicht einmal sehen,
ob es ein Mann oder eine Frau war.
Auch Geertje wusste nicht,
wer es war.
So war es sicherer.
Natürlich war sie neugierig.
Sie kannte fast jeden in der Nachbarschaft.
Doch sie konnte nicht erraten,
wer jede Woche mit den Zeitungen
auf dem Bürgersteig stand.
Soll ich die Mütze einfach herunterziehen?,
hatte sie einmal überlegt.
Kindisch!

Wenn sie das tat,
würde man sie nicht mehr wollen.
Direkt nach der Schule

steckte Geertje die Zeitungen
in eine Einkaufstasche.
Darüber legte sie Kartoffeln und Rüben.
Die Adressen kannte sie auswendig.
Sie wusste,
wen sie auslassen musste,
weil er für die Deutschen war.
Häuser, wo NSBer wohnten,
ließ sie aus und deren Nachbarn auch.
Um ganz sicherzugehen.
NSBer waren Mitglieder
der Nationalsozialistischen Partei.
Sie arbeiteten mit den Deutschen zusammen.
Es waren Verräter, allesamt!
Als sie mit den Zeitungen aus der Tür trat,
merkte Geertje, dass sie Angst hatte.
Und nicht nur ein bisschen.
Wurde sie verfolgt?
Lagen sie auf der Lauer?
Wer hatte Appie verraten?
Jeder konnte ein Verräter sein,

auch jemand, dem man vollauf vertraute.
Geertje schaute sich andauernd um.

Als ob das hilft!, dachte sie,
aber sie konnte es nicht lassen.

Bei einer Adresse war sie sich nicht sicher.
Da wohnte Alida Stroe mit ihrer Mutter.
Ihr Vater war von den Deutschen
festgenommen worden und saß im Gefängnis.
Also war es eine „gute“ Familie.
Aber Alida hatte ein Verhältnis
mit einem deutschen Soldaten.
Und das war ganz falsch!
Die „Moffenhure“
wurde sie in der Nachbarschaft genannt.
Versuchte Alida ihrem Vater zu helfen,
indem sie sich an einen Deutschen heranmachte?
Oder war sie wirklich eine Moffenhure?
Geertje wusste es nicht.
Huren machten es doch mit jedem, der bezahlte.
Alida hatte einfach ein Verhältnis,

aber mit so einem *Rotmof*!
Sie beschloss, bei Alida
keine Zeitung in den Briefkasten zu tun.

Aber sie ging zum Haus daneben.
Gerade als sie die Zeitung
in den Briefkasten stopfte,
kam Alida nach draußen.
„Geertje“, sagte sie,
„das darfst du nicht mehr tun.
Sie wissen es, sie beobachten dich.
Bring die Zeitungen zurück
und überlass es jemand anderem.
Bitte, glaube mir!“
Geertje schaute Alida an.
Alidas Augen sahen bekümmert aus.
Sie verzog ihren Mund,
als ob es ihr Mühe bereitete, nicht zu weinen.
„Ich glaube dir“, sagte Geertje.
„Danke sehr, Alida.“

Geertje traute sich
mit den Zeitungen nicht mehr weiter.
„Sie beobachten dich“, hatte Alida gesagt.
Geertje hatte das Gefühl,
als ob überall Augen nach ihr sahen.

Als ob hinter jedem Baum und jedem Strauch
jemand lauerte.
Sie lief direkt nach Hause zurück.
Die Zeitungen, die sie übrig hatte,
wagte sie jetzt nicht mehr aufzubewahren.
Darum verbrannte sie das ganze Paket
im Kachelofen.
Die restliche Woche
fühlte sie sich deshalb schlecht.
Hatte sie vernünftig gehandelt
oder war sie zu ängstlich gewesen?

Eine Woche später
wurde ein neuer Stapel gebracht.
Da erzählte sie der Biwakmütze,
was Alida Stroe gesagt hatte.
„Der Dirne kannst du nicht vertrauen“,
sagte eine Männerstimme.
„Die tratscht nur, die Moffenhure.
Sie will nicht, dass wir die Zeitungen verteilen.
Sie lesen ‚Volk und Vaterland‘,
die Nazi-Zeitung.“

„Ich glaube nicht, dass sie lügt“,
sagte Geertje.
„Ich denke, dass sie uns warnen will.
Sie sollten besser vorsichtig sein.“
„Dich können wir nicht mehr gebrauchen.
Du willst kneifen. Das hör ich schon.“
Die Biwakmütze stopfte wütend
das Paket Zeitungen wieder in seine Tasche
und ging weg.

Am Abend, als die Kleinen im Bett waren,
erzählte Geertje die Geschichte ihrer Mutter.
„Der Kerl denkt, dass ich ein kleines Kind bin“,
sagte sie. „Aber ich lass mir
das Zeitungsaustragen nicht abnehmen.
Ich will etwas tun gegen die *Rotmoffen*,
so wie Papa.
Wann kommt Papa wieder zurück?“
„Vorläufig nicht.
Es ist in letzter Zeit
viel zu unruhig in der Nachbarschaft.“
„Dann geh ich zu ihm.

Ich will wissen, wie er darüber denkt."
„Nein, das tust du nicht.
Ich will nicht,
dass du deinen Vater in Gefahr bringst.
Er kann doch nichts für dich tun."
Geertje dachte nach.
Ihre Mutter hatte Recht,
ihr Vater konnte nichts tun.
Viele Väter konnten nichts tun.
Sie konnten sich nur verstecken,
damit sie nicht nach Deutschland
zum Arbeiten mussten.
„Ich werde in der Schule
mit Herrn Thomassen sprechen", sagte sie.
„Ich glaube, er schreibt für die Zeitung.
Da Papa die Zeitungen
jetzt nicht austragen kann,
will ich es weiterhin tun.
Wir müssen uns doch
gegen die *Rotmoffen* auflehnen!"

„Geertje, das ist kein Spiel, glaub mir.
Das ist nichts für ein 13-jähriges Mädchen.
Hör auf damit."

Geertjes Mutter machte vor Besorgnis
ein böses Gesicht.
„Du kannst etwas für mich tun.
Die neuen Bezugsscheine sind da.
Du könntest anstehen für die Einkäufe."
„Ich werde mich in der Schlange anstellen",
sagte Geertje.
Sie sagte nicht, was sie dachte.
Dass sie doch mit dem Lehrer reden würde.
Und dass sie ihrer Mutter
lieber nichts mehr erzählen würde.
Wenn man erwachsen sein wollte,
konnte man Mütter nicht gebrauchen.
Die wollen, dass man immer klein bleibt.

Der Luftalarm

Eine Woche später
wurde der Junge festgenommen,
der an Geertjes Stelle
die Zeitungen ausgetragen hatte.
Weil er noch ein Kind war,
wurde er ein paar Stunden später
wieder freigelassen.

Genau wie Geertje wusste er nicht,
woher die Zeitungen kamen.
Er konnte also niemanden verraten.
Aber an seiner Stelle
nahmen sie seinen Vater mit.
Er musste nach Deutschland
und dort in einer Waffenfabrik arbeiten.
Er war 44 und war nicht untergetaucht.
Dennoch schickten sie ihn weg.
„Siehst du nun, dass Alida es gut gemcint hat."
Geertje sah ihre Mutter an.
„Was bin ich froh,
dass du damit nichts mehr zu tun hast",
seufzte ihre Mutter.
„Ach du, du bist viel zu ängstlich.
Ich bin doch kein Kind mehr."
Geertje trat ärgerlich gegen das Tischbein.
„Das hat nichts mit ‚Kind sein' zu tun",
sagte ihre Mutter. „War Appie etwa ein Kind?"

Geertje lag im Bett und starrte in die Finsternis.
Und finster war es!

Die Häuser waren verdunkelt
und die Straßenlaternen brannten nicht.
Draußen war es totenstill.
In Gedanken sah sie wieder
Alidas betrübtes Gesicht.
Sie wusste, warum Alida so traurig aussah.
Niemand in der Nachbarschaft
wollte mit ihr Kontakt haben,
weil sie mit dem Deutschen ging.
Na ja, dachte Geertje,
wenn man so richtig verliebt ist.
Sofort schob sie den Gedanken weg.
Bist du verrückt, so darfst du nicht denken.
Nett sein zu einem Deutschen,
das war beinahe Landesverrat!
Dennoch, Alida hatte sie gewarnt,
das war gut ...
Aber nun war der Vater des Jungen
nach Deutschland geschickt worden,
weil sie einer Moffenhure und einem Kind
nicht glauben wollten.
Als ob Alida und sie keine Menschen waren.
Warum war alles so kompliziert?

Warum konnte sie Alida
nicht einfach nett finden?
Warum durfte sie kein Mitleid mit ihr haben?
Mädchen wie Alida musste man hassen,
so wie man die Deutschen hassen musste.
Die Deutschen zu hassen war nicht so schwer.
Sie kannte keinen einzigen.
Und was wollten die überhaupt hier?

Aber Alida?
Ohne Alida wäre sie auch
festgenommen worden.

Und wenn der Mann mit den Zeitungen
auf sie gehört hätte,
wäre niemand festgenommen worden.
Also wessen Schuld war es nun?
Bah!

Am nächsten Tag ging Geertje nach Schulschluss
zu Herrn Thomassen.
Sie wusste, wo sie ihn finden konnte:
im Zimmer, in dem der Apparat
für die Abzüge stand.
Geertje ging in eine kleine Schule
mit nur vier Klassen.
Die Klassenzimmer lagen über der Grundschule.
Sie teilten sich eine Turnhalle.
In so einer kleinen Schule
blieb nicht viel verborgen.
Herr Thomassen kopierte auffallend oft.
Manchmal stand er eine Stunde an der Maschine
und drehte.
Häufig gab er der Klasse eine Beschäftigung,
um Abzüge machen zu können.

Auch schrieb er ziemlich oft etwas,
während die Klasse rechnete.
Das hatte Geertje auf die Idee gebracht.
Er musste etwas mit der Untergrund-Zeitung
zu tun haben.
Sie klopfte an die Tür,
wartete aber nicht auf eine Antwort,
sondern ging gleich ins Zimmer.
Herr Thomassen stand vor der Maschine,
sodass sie seine Papiere nicht sehen konnte.
„Guten Tag, Geertje,
kann ich etwas für dich tun?“
„Ich will die Zeitung wieder austragen,
Herr Thomassen“, sagte Geertje.
„Ich will in ein anderes Viertel gehen,
in dem die Menschen mich nicht kennen.“
„Die Zeitung? Welche Zeitung?“
Herr Thomassen
setzte ein erstauntes Gesicht auf.
„Die Untergrund-Zeitung!
Für die arbeiten Sie doch.“
„Wie kommst du darauf?
Ich weiß nicht, wovon du redest.

Wer hat dir das erzählt?"
„Niemand, ich weiß es einfach."
„Du weißt nichts, junge Dame.
Überhaupt nichts!"
„Oh, Herr Thomassen, bitte!" Geertje seufzte.
„Kinder gehen derartige Sachen nichts an.
Das ist viel zu gefährlich!
Ich würde mich schämen,
ein Kind für so etwas zu benutzen.
Zum Glück muss ich mich nicht schämen.
Du irrst dich. Und nun raus. Ich habe zu tun."
Herr Thomassen schob Geertje durch die Tür
und schloss sie hinter ihr.
Aber Geertje öffnete die Tür wieder
und rief um die Ecke:
„Sie brauchen keine Angst zu haben,
ich werde Sie nicht verraten.
Ich bin kein Kind mehr."
Dann knallte sie die Tür zu.

Geertje war nicht nur sehr böse,
sie war auch tief beleidigt.

Sie hatte fest daran geglaubt,
dass es gelingen würde.
Es war hoffnungslos,
jeder hielt sie für ein Kind.
Aber sie war schon lange kein Kind mehr.
Im Krieg konnte man kein Kind bleiben
und lieb mit Puppen spielen.
Hunger – war das vielleicht etwas für Kinder?
Und Luftalarm und Bomben?
Die Festnahme von Nachbarjungen wie Appie?
Menschen zu hassen,
Menschen wie Alida,
war das etwas für Kinder?
Und immerzu Angst haben?

Langsam ging Geertje nach Hause.
Da bekam sie die neuen Bezugsscheine,
Geld und zwei Taschen.
Jetzt durfte sie wieder stundenlang anstehen,
um Lebensmittel zu bekommen.
Mama sagte, dass sie sie ablösen wollte,
wenn es sehr lange dauern würde.

Aber dann musste Geertje
auf die Kleinen aufpassen.
Da stand sie lieber in der Schlange.
Sie stopfte Papier in ihre Holzschuhe
und zog ein Paar Socken extra an.
So würde sie keine kalten Füße kriegen.
Vor dem Lebensmittelladen stand schon
eine lange Schlange.
Sicher zehn Meter lang.
Geertje stellte sich hinten an
und begann vor sich hin zu träumen.
Sie hatte keine Lust mit jemandem zu reden.

Die meisten Leute schwiegen auch.
Der Himmel war klar.
Das Thermometer zeigte
ein paar Grad unter Null.
Geertje zog ihre Handschuhe an
und stopfte die Hände tief in die Taschen.
Ihr wollenes Halstuch
hatte sie um den Kopf gebunden.

Es begann wie immer
mit dem schrecklichen Geheul der Sirenen.
Luftalarm!
Sobald die Sirenen schwiegen,
hörte man das leise Brummen in der Luft.
Englische Bomber flogen über sie.
Gleich danach kamen die Jagdflugzeuge.
Kleine, schnelle Flugzeuge,
die beinahe senkrecht nach unten stürzten.
Dann erst ertönte das kreischende Geräusch,
vor dem Geertje Todesangst hatte.
Direkt danach begann das Geratter
der Maschinengewehre.

Die Jagdflugzeuge flogen zum Bahngleis,
hinter den Schrebergärten.
Takketakketak!
Meterweise Schienen wurden verbogen
und in die Höhe geschossen.
Es ging so schnell,
dass alle wie erstarrt stehen blieben.
Gleich danach wendeten die Flieger
und warfen ihre Bomben ab.
Geertje wurde beinahe umgeworfen
durch den Luftdruck nach den Explosionen.
Die Menschen rannten aus der Schlange.

Sie warfen sich flach auf den Boden
oder drückten sich gegen die Mauern des Ladens.
Jemand zog Geertje mit.
Es fielen weitere Bomben.
Wie bei einem Sturm wurden die Dachrinnen
vom Haus gerissen.
Eine streifte haarscharf Geertjes Gesicht.
Sie knallte auf ihre Schulter.
Geertje fühlte einen scharfen Schmerz
und geriet in Panik.
In Todesangst ließ sie ihre Taschen fallen
und rannte nach Hause.

Liebe Alida

Mama, Annie und Hansje
saßen unter der Treppe,
als Geertje ins Haus stürmte.
Wenn ein Haus von einer Bombe getroffen wird,
bleibt die Treppe oft ganz.
Darum war das der sicherste Platz.
Heulend und zitternd vor Angst
stürzte Geertje zu ihrer Mutter.
Die Kleinen schauten mit ängstlichen Augen
zu ihrer großen Schwester.
„Was ist, bist du getroffen worden,
bist du verwundet?“, fragte Mama.
Geertje schüttelte den Kopf.
„Ich habe solche Angst, oh,
ich habe solche Angst!“, weinte sie.

Es fielen keine weiteren Bomben und
es wurde nicht mehr geschossen.
Es war Entwarnung gegeben worden.
„Die Taschen, Geertje,
wo sind die Taschen mit den Bezugsscheinen?"
Geertjes Herz schlug dreimal so schnell
vor Schreck.
„Ich hab sie fallen gelassen!
Oh, ich hab sie fallen gelassen."
„Großer Gott, dann haben wir die Bezugsscheine
für einen ganzen Monat verloren!",
schrie Mama.
„Nun können wir kein Essen mehr kaufen!"
Ohne Jacke stürmte sie zur Tür hinaus.
Geertje schloss die Augen.
Wär ich bloß tot, dachte sie verzweifelt.
Hätte ich nur eine Bombe
auf den Kopf bekommen.
Sie haben Recht.
Ich bin ein kleines Kind

und ich bin so ängstlich wie ein kleines Kind.
Schlimmer noch: Ich bin viel ängstlicher
als ein kleines Kind.

Die Bezugsscheine für einen ganzen Monat!
Nicht zu glauben!
Wovon sollten sie nun leben?
Wie konnten sie Hansje und Annie
zu essen geben?
Sie konnten es nicht,
und daran war sie schuld!
Was würde Papa sagen,
wenn er das zu hören bekam?
Der dumme Kerl mit der Biwakmütze
hatte Recht.

„Dich können wir nicht gebrauchen“,
hatte er gesagt.
Langsam wischte Geertje die Tränen weg.
Ich bin ein Kind, malten ihre Gedanken weiter.
Ich bin nicht erwachsen
und ich will es auch nicht sein!
Ich will wieder mit meinen Puppen spielen!
Gemeine *Rotmoffen*,
ich will wieder mit meinen Puppen spielen!

Mit strahlendem Gesicht kam Mutter wieder.
Sie hatte eine rote Nase von der Kälte
und in jeder Hand eine Tasche.
„Die Marken waren noch drin.
Alida Stroe hat die Taschen mitgenommen
und für uns verwahrt.
Es ist niemand verwundet worden.
Nur ein paar Schrammen und blaue Flecken
von den Dachrinnen.“

Geertje seufzte vor Erleichterung auf.
Alida hatte die Taschen verwahrt.
Zum zweiten Mal hatte sie sie gerettet.

Liebe Alida!
„Soll ich mich wieder anstellen?“,
fragte sie.
„Kommt nicht in Frage“, sagte ihre Mutter.
„Schau mal in den Spiegel!
Siehst du dieses weiße Gesicht?
Das ist deines.
Wir erledigen die Einkäufe morgen.“
„Aber dann sind Zucker und Bohnen
sicher schon ausverkauft.“

„Das werden wir sehen.
Sie bekommen auch noch neue Ware rein.
Heute ist genug passiert.
Du kommst doch nicht mehr an die Reihe.
Es wird schon dunkel."
Mutter streichelte tröstend über Geertjes Haare.
„Komm, wir singen zusammen."
„Es tut mir Leid, dass ich so ängstlich war",
flüsterte Geertje.
„Jeder hat Angst", sagte Mutter
und dann setzte sie sich ans Klavier.
Sie sangen zusammen
und die Kleinen machten tapfer mit.

Wo die weißen Dünenspitzen
Glänzen in der Sonnenglut
Und die Nordsee freundlich brausend
Hollands schmale Küste grüßt,
Jauchze ich am flachen Strand:
Wie lieb ich dich, mein Niederland!

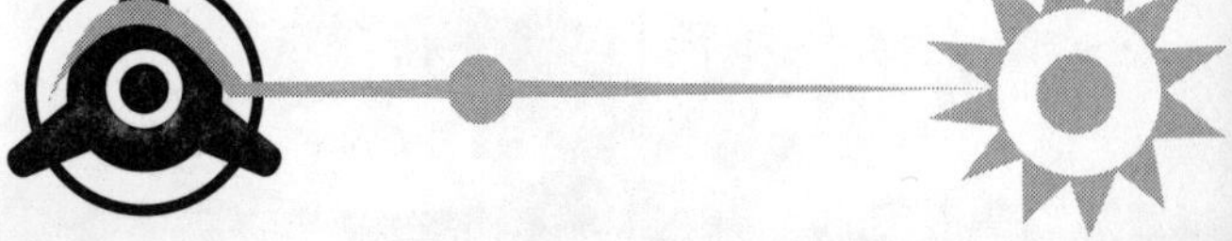

II. Im Sommer 1944

Ein kaputter Holzschuh

Es war mitten im Sommer im Jahr 1944.
Geertje stand mit einem nackten Fuß
in der offenen Scheunentür
vor dem verrückten Gerrit.
Ihr Holzschuh war der Länge nach
auseinander gebrochen.

Zum Schluss werden die Sohlen der Holzschuhe
so dünn, dass sie durchbrechen.
Total verschlissen.
Mit einem dünnen Draht
kann man die zwei Hälften
noch eine Weile zusammenhalten.
„Bitte, Gerrit, ich brauche einen Draht
für meinen Holzschuh.
Ich habe nichts anderes mehr für meine Füße.
Meine Schuhe sind viel zu klein geworden.

Du weißt, dass selbst mit Bezugsscheinen
keine Schuhe zu bekommen sind.
Hilf mir doch!“
„Nur, wenn du was zum Tauschen hast“,
antwortete der verrückte Gerrit.
Er lachte mit weit geöffnetem Mund.
Ein Faden Spucke
tropfte an seinem Kinn entlang.
„Aber ich habe nichts mehr.
Ich hab dir schon alles gegeben.“
„Dann kommen wir nicht ins Geschäft.
Aber willst du sehen,
was ich schon alles habe?“
Mit seinen starken Händen
packte er Geertje
und zog sie in die Scheune.
Auf der hölzernen Werkbank
standen an die 20 Kisten und Dosen.
Der verrückte Gerrit öffnete ein paar.
Geertje war nicht erstaunt darüber,

was er schon alles gesammelt hatte.
Sie kannte viele Leute,
die ihren Schmuck eingetauscht hatten.

Ringe, auch Eheringe, Anstecknadeln,
Schnallen, Ketten, Armbänder.
Beinahe alles aus Gold und Silber.
Aber es sah nicht so aus,
wie Geertje es erwartet hatte.
Es blinkte und glänzte nicht
so wie die Schätze in Märchen.
Der Schmuck war angelaufen und ohne Glanz.
Wie kam der verrückte Gerrit
nur immer wieder an die Sachen,
die er für Schmuck eintauschte?
Tat er etwas für die Deutschen?
Vielleicht hatte er Appie verraten!
In der Scheune war sonst nichts zu sehen.

Die Sachen standen wahrscheinlich
in seinem Haus,
im Keller.
„Nach dem Krieg werde ich sehr reich!“
Wieder lachte Gerrit laut
und wieder kam schleimige Spucke
aus seinem Mund.
„Dummer Kerl“, schimpfte Geertje.
„Du darfst das nicht jeden sehen lassen.
Eines Tages werden sie dich noch umbringen!
Das geschieht dir gerade recht, du Mistkerl!“
Sie riss sich los
und hinkte davon.
Auf der Straße
zog sie ihren heilen Holzschuh aus.
Mit nackten Füßen zu laufen war besser
als mit nur einem Holzschuh.
Was sollte sie jetzt tun?
Ich geh zur Fabrik, dachte sie.
In der Fabrik gibt es genug Draht.

Da ist bestimmt jemand,
der mir einen Streifen abschneidet,
damit ich meinen Holzschuh reparieren kann.

Geertje wusste sehr wohl,
dass sie sich der Fabrik
nicht nähern durfte.
Sie wusste,
dass sie absolut keinen Kontakt
zu ihrem Vater haben sollte.
Das war wirklich gefährlich!
Der Feind sieht und hört mit!
Aber ihr Vater
würde sie wahrscheinlich nicht sehen.
Die Fabrik war so groß.
Und was sollte sie sonst tun?
Heute wurde auf den Feldern gemäht.
Die Kinder durften hinter den Mähern gehen,
um die gefallenen Ähren aufzusammeln.
Das ging nicht mit nackten Füßen.
Die Stoppeln auf dem Feld
waren viel zu scharf.

Geertje lief auf dem Fußweg
zwischen den Schrebergärten,
damit ihre Mutter sie nicht sehen konnte.

Wenn die sehen würde,
dass sie Richtung Fabrik ging ...
Die Gärten lagen verwahrlost da.
Saat und Setzlinge
waren nicht mehr zu bekommen.
Sie lebten jetzt von dem Gemüse,
das ihre Mutter letztes Jahr eingemacht hatte.
Lange würde das nicht mehr reichen,
der Vorrat war beinahe aufgebraucht.
Geertje stieg über den Zaun
und rannte über das Fußballfeld.
Auf so einem offenen Feld
konnte jeder einen sehen.
Sie hoffte, dass ihre Mutter
nicht im oberen Stock war
und aus dem Fenster schaute.
Nun musste sie ein Stück
an der Bahnlinie entlang.
Davor hatte sie eine Höllenangst.
Die Bahnlinie wurde oft bombardiert
und doch immer wieder hergestellt.
Es war die Nachschublinie
vom Flugplatz Soesterberg.

Darum war die Bahnlinie
so wichtig für die Deutschen.
Aber man wusste nie,
wann die Flugzeuge kamen.
Und auf dem offenen Feld
konnte man sich nirgends verstecken.
Nur im Graben konnte man Deckung suchen.
Es kamen keine Flugzeuge
und Geertje kam sicher
bei der alten Fabrikhalle an.
Die großen Türen standen weit offen.
Ein Gruppe von Männern saß an der Wand
und genoss die Sonne.
Sie erschrak,
weil ihr Vater auch dabei war.
Jetzt würde sie gehörig Ärger kriegen.
Gleichzeitig mit dem Schreck
schoss ihr ein Gedanke durch den Kopf.
Dass Vater es viel angenehmer hatte
als Mutter und sie.
Er saß hier gemütlich in der Sonne
und bekam Essen vom Widerstand.
Er musste für nichts sorgen.

Nicht für Brennstoff,
nicht für Essen und Kleidung.
Er hörte Hansje nachts nicht
vor Hunger heulen.
Er sah nicht die blasse Nase von Annie.
Mussten im Krieg nur Frauen und Kinder leiden?
So stand es jedoch nicht
in den Geschichtsbüchern.
Dort kamen nur Helden vor.
Geertjes Vater sprang auf, rannte zu ihr
und zog sie in seine Arme.
Er roch nach schmutzigem Overall,
nach Schmiere und nach Vater.
„Geertje“, sagte er heiser,
„Geertje, mein Mädchen.
Bin ich froh, dich zu sehen.
Ist etwas, ist etwas mit Mutter?
Wie machen sich die Kleinen?“
Geertje fühlte,
wie sie dunkelrot wurde.

Sie schämte sich für das,
was sie gerade gedacht hatte.
Sie begriff, wie unruhig Vater war

und wie elend er sich fühlte,
weil er nichts tun konnte.
Ein Mann, der nicht
für seine Familie sorgen konnte.
„Es ist nichts Besonderes“,
antwortete sie schüchtern.
„Mein Holzschuh ist kaputt
und ich habe keine anderen Schuhe mehr.
Heute Mittag wird der Roggen gemäht,
ich muss hinter den Mähern gehen.
Wir haben fast nichts mehr zu essen.
Ich dachte, vielleicht hast du Draht
für meinen Holzschuh.
Aber Mama weiß nicht,
dass ich hier bin,
weil ich ja nicht hierher kommen darf.“
„Es ist gut, dass du da bist“, sagte Vater.
„Komm mit, ich habe sicher was für dich.
Es ist heute ruhig in der Fabrik.
Die Deutschen sind schon da gewesen.“
Er legte einen Arm um Geertjes Schultern.
Das fühlte sich schön an.
Oh, wie schön sich das anfühlte.

Sie gingen zum Blechwalzwerk.
Mit quietschenden und kreischenden Geräuschen wurden dort Stahlplatten zurechtgeschnitten.
Vater ließ einen langen, schmalen Streifen abschneiden.
Danach wurde der Streifen in gleich lange Stücke geteilt.
„Bitte, für zirka zwanzig Hohlschuhe“, sagte er.
Als sie zur Halle zurückkamen, hatte ein Mann ein Paar Schuhe in der Hand.
Schwere, steife, breite, hohe Arbeiterschuhe.

„Für dich, Geertje, du kannst sie haben,
probier sie mal an!“
Geertje schrie überrascht auf.
Sie griff nach den Schuhen und stieg hinein.
„Einen Kilometer zu groß,
aber das macht nichts“, sagte sie.
„Haben Sie ein Stück Papier?
Dann stopfe ich Papierkugeln in die Spitzen.“
Von der riesigen Rolle Packpapier
wurde ein Stückchen abgerissen.
Geertje konnte sehen,
wie die Männer in die Rolle krochen.
„Erzähl mir von zu Hause“, sagte Vater.
Geertje erzählte alles,
während einer der Männer
ein Band um ihren Holzschuh festklopfte.

Begegnung mit Alida

Die Sonne schien heiß auf Geertjes Kopf.
Sie stellte sich gerade hin,
weil ihr Rücken vom Bücken schmerzte.
Der Kissenbezug war schon proppenvoll
mit Roggenähren,
aber es passten noch welche rein.
Geertje war nicht allein auf dem Feld.
An die 20 Kinder liefen
in einer ordentlichen Reihe
hinter den Mähern her.
So konnten sie die Ähren einander nicht
vor der Nase weggrapschen.
Wenn die Kinder sich stritten,
wurden die Mäher böse
und jagten sie weg.
Heute ging niemand zur Schule.
An Geertjes Seite ging ein Junge,
der seine Holzschuhe ausgezogen hatte.

Mit nackten Füßen
trat er auf einen spitzen Stoppel.
Er griff nach seinem Fuß
und fluchte vor Schmerz.
Dunkelrotes Blut strömte über seine Fußsohle.
Geertje bückte sich schnell,
weil sie kein Blut sehen konnte.
Sie schaute auf ihre Füße
in den hohen, plumpen Schuhen!
Wunderschöne Schuhe!
Der Junge schlupfte mit dem blutenden Fuß
wieder in seine Holzschuhe
und holte die Reihe ein.
Die Sonne stach
und die Luft zitterte über dem Land.
Geertje kaute auf einer Hand voll Roggenkörner.
Sie hatte Hunger. Durst. Rückenschmerzen.

Weil Geertje so viel Roggen gesammelt hatte,
erlaubte ihr die Mutter,
zwei Bücher auszuleihen.
Dafür musste sie in den Buchladen im Dorf.

Sie konnte es noch schaffen,
bevor der Laden schloss.
Aber es war ein weiter Weg
und sie war schon so müde.
Ein bisschen benommen
und mit einem schwindligen Kopf
lief sie die lange Spoorallee entlang.
Sie sang ein Spottlied.
Die Deutschen wollten nicht,
dass man „Ein Hoch auf Oranien"
und „Es lebe die Königin" sang.
Darum sang sie:
„Ein Hoch auf diese Farbe,
ein Hoch auf dieses Rot,
es lebe, man weiß wohl, wer ..."

Auf dem Soestweg stand eine Menschengruppe
vor einem Gartenzaun.
Was war da los?
Geertje wand sich nach vorne.
Im Garten, im Gras, lagen zwei Menschen:
ein Mann und eine Frau.

Aber sie sahen nicht wie Menschen aus.
Ihre Körper waren aufgedunsen,
als ob sie wie ein Ballon aufgeblasen wären.
Zwei deutsche Soldaten standen daneben
mit Gesichtern aus Stein.

Geertje würgte und drehte sich schnell um.
„Sie sind vorige Woche erschossen worden“,
erzählte eine Frau ungefragt. „Aus Rache!
Weil der Widerstand zwei deutsche Offiziere
mit Auto und allem in die Luft gesprengt hat.
Sie dürfen nicht begraben werden.

Sie müssen liegen bleiben, als Beispiel.
Die Kinder sind ..."
Geertje hörte nicht mehr, wo die Kinder waren.
Sie rannte und rannte, ohne Pause,
den langen Weg nach Hause.
Ohne Bücher.
Daheim sagte sie, dass sie krank sei,
und kroch ins Bett.
Sie konnte die Geschichte nicht erzählen,
sie vergrub sie tief in ihrem Inneren.
Niemals mehr daran denken!
Sie grub ihren Kopf tief in das Kissen.
Würde dieser Krieg jemals vorbeigehen?

Einen Tag später kam Geertje Alida entgegen,
als sie von der Schule nach Hause ging.
Geertje erschrak,
weil sie sich bei Alida noch nicht
für das Aufbewahren der Bezugsscheine
bedankt hatte.
„Guten Tag, Geertje", sagte Alida
und blieb stehen.

Da musste Geertje auch stehen bleiben.
„Guten Tag, Alida. Vielen Dank noch,
dass du die Tasche mit den Bezugsscheinen
aufgehoben hast, nach dem Luftalarm damals.
Ich wollte schon lange zu dir kommen."
„Niemand kommt zu mir", sagte Alida.
„Ich bin zwei Monate krank gewesen
und ich habe niemanden gesehen.
Außer Walter."
„Ist das der Deutsche, mit dem du gehst?
Warum tust du das?"

„Ich liebe ihn", sagte Alida.
„Kann er etwas dafür,
dass er ein Deutscher ist?
Er ist auch nur geschickt worden.
Wenn er den Dienst verweigert,
wird er erschossen.
Er hat niemandem etwas Böses getan."
Geertje scharrte mit den Füßen.
Sie wusste nicht, was sie sagen sollte.
„Ich hab Mitleid mit dir, Alida."
Wenn sie das sagte, wurde es auch nicht besser,
aber es war die Wahrheit.
„Ich finde es nicht schlimm, was du tust, Alida.
Ich weiß, dass du niemanden verraten würdest",
sagte sie endlich.
„Nein, du findest es nicht schlimm, Geertje.
Aber zu Besuch kommst du auch nicht."
Geertje wurde es heiß. Sie senkte den Kopf.
Was Alida sagte, war wahr.
Sie besuchte sie nicht,
weil die ganze Nachbarschaft
darüber empört wäre.
Sie hatte sich nicht einmal bei ihr bedankt.

Als sie aufsah, war Alida gegangen.
Mit einem elenden Gefühl
trottete Geertje nach Hause.
„Schon wieder ein Misttag“,
murmelte sie.

In den Ferien kam Geertjes Cousine zu Besuch.
Jopie wohnte in der Stadt,
wo es noch weniger zu essen gab
als in Geertjes Dorf.
Es war eine sehr schöne Woche.
Abgesehen davon, dass Mutter Jopie
Geertjes besten Pullover gab,
ohne zu fragen.
Geertje und Jopie schliefen in einem Bett
und hatten vor allem abends viel Spaß.
Aber der Spaß ging schnell vorbei,
als Jopie wieder weg war.
Mama entdeckte,
dass alle drei Kinder Läuse hatten.
Geertje erstaunte das nicht so.
In der Schule hatten fast alle Läuse.

Es gab keine Seife mehr
und das Essen war schlecht.
Davon bekam man das.
Aber es kam noch viel schlimmer.
Den Kindern juckte der ganze Körper.
Unter ihrer Haut saßen kleine, farblose Beulen.
Jopie hatte die Krätze gehabt
und nun hatten sie alle Krätze.
Krätze ist sehr ansteckend.
Man musste nur etwas anfassen,
was der andere angefasst hatte
und schon hatte man es auch.
Und die Krätze war etwas Schmutziges!
Saubere Menschen hatten keine Krätze!
Mutter schämte sich zu Tode.
„Erzähl es ja niemandem!“,
warnte sie.
„Pass auf, wenn du etwas sagst!
Wir müssen sehen,
dass wir an Seife kommen.
Ihr müsst gut gewaschen werden.“
Geertje wurde
mit den letzten beiden guten Laken,

die sie noch hatten,
zum verrückten Gerrit geschickt.
Sie bekam ein halbes Stück Sunlight-Seife.

„Au, au, Mama, pass doch auf, es ist genug!“
Mutter scheuerte und schrubbte und schäumte
und wusch und begann von neuem.
Die drei Kinder waren krebsrot vom Waschen.
Aber die Krätze ging nicht weg.
Mutter konnte auch nichts weiter tun.
Geertje wurde vom Juckreiz fast verrückt.
Sie kratzte und kratzte und hing nur rum,
ohne etwas zu tun.
Bis sie sich so elend fühlte,
dass sie im Bett liegen blieb.
„Ich kann nicht mehr, ich sterbe lieber“,
sagte sie.
Da ging Mutter zum Grünen Kreuz.
Noch am selben Tag

kam die Gemeindeschwester zu ihnen.
Sie hatte eine widerliche, stinkende,
zähflüssige, pechschwarze Teersalbe mit.

Alle drei Kinder wurden von oben bis unten
damit eingeschmiert.
Danach wickelte die Schwester sie
in Laken vom Grünen Kreuz.
Sie mussten drei Tage im Bett liegen.
Immer, nachdem sie auf der Toilette waren,
wickelte Mutter sie wieder in die Laken.
Geertje döste und träumte
von schwarzen Monstern,
die sie gefangen hielten.

Am vierten Tag kam die Schwester wieder
und sie wurden sauber gewaschen.
Die Krätze war weg und blieb weg.

An diesem Abend
kam plötzlich Vater nach Hause.
Jemand hatte ihm von der Krätze
und den Läusen erzählt.
Und auch, dass sie fast nichts mehr
zu cssen hatten.
„Wenn die Deutschen mich haben wollen,
dann sollen sie nur kommen", sagte er.
„Ich bleibe jetzt hier
und sorge für meine Familie."

Die Betrüger

Vater packte Sachen immer gründlich an.
Bevor er untertauchen musste,
hatte er in der Fabrik gearbeitet.
Die Fabrik stellte elektrische Apparate her.
Darum hatten sie einen elektrischen Herd,
einen elektrischen Teewärmer und so weiter.
„Wir gehen zu den Bauern“, sagte Vater.
„Ich kann in der Fabrik ein Lieferdreirad
bekommen. Wir tauschen
alle elektrischen Geräte gegen Essen ein.
Die meisten Leute aus der Fabrik tun das.
Ich habe die Adresse von einem Bauern
in Woudenberg bekommen.“

Vater musste fest in die Pedale treten.
Das Lieferdreirad war schwer beladen
und Geertje saß auch noch drauf.

Kurz vor Woudenberg
ging der Weg kilometerweit bergan,
den Hügel hoch.
Vater kam nur ganz langsam voran.
Er schwitzte.
Geertje hatte ihr letztes Armband um.
Das mit dem Zehncentstück aus Silber
mit dem Kopf der Königin darauf.
Endlich erreichten sie den Bauernhof,
wo sie die Sachen tauschen konnten.
Vater ging mit dem Bauern in die Scheune,
um abzuladen.
Die Bäuerin nahm Geertje mit in die Küche.
Da roch es herrlich nach warmem Essen.
„Hast du Hunger?“, fragte die Bäuerin.
„Ich habe immer Hunger“,
antwortete Geertje,
die von dem Essensduft
Magenschmerzen bekam.
Die Bäuerin schöpfte Eintopf in einen Teller.
Geertje wollte gleich darüber herfallen,
aber dann fragte sie zuerst:
„Kriegt Vater auch zu essen?“

Die Bäuerin nickte nur.
Sie schaute nicht sehr freundlich,
aber dadurch ließ sich Geertje nicht stören.
Essen! Was für ein Berg von Essen!
Aber als der Teller halb leer war,
konnte Geertje nicht mehr weiteressen.
Ihr Magen war nicht mehr dran gewöhnt.
„Ich ess es gleich noch auf“, sagte sie.
„Du hast ein schönes Armband“,
sagte die Bäuerin. „Sollen wir tauschen?
Ich gebe dir ein Weizenbrot dafür.“
„Gern“, sagte Geertje.
Sie hatte das Armband extra dafür umgebunden.

Vater bekam später auch etwas zu essen
und eine Zigarette aus selbst angebautem Tabak.
Der Bauer und die Bäuerin sprachen kein Wort.
Jeden Tag kamen fremde Menschen in ihr Haus.
Mit denen wollten sie
bestimmt nichts zu tun haben.
Es ging ihnen um die Sachen, begriff Geertje.
Mit Freundlichkeit hatte das nichts zu tun.

„Seine große Scheune
steht voll mit Elektro-Herden“,
sagte Vater auf dem Rückweg.
„Er ist ein Mistkerl.
Du musst nicht denken,
dass alle Bauern so sind.
Die meisten Bauern
helfen den Menschen gern.

Sie haben oft auch Untergetauchte
und Juden im Haus.“
Geertje nickte.

Sie sah stolz auf ihr Weizenbrot.
Vater hatte einen Zentner Kartoffeln bekommen
und noch etwas Getreide und Rüben.
Das war alles.

Auf dem Rückweg lief das Dreirad besser.
Sie fuhren nun ganz schnell abwärts,
den Hügel hinab.
Aber auf einmal rutschten Vaters Füße
von den Pedalen.
Sie drehten sich so schnell,
dass er sie nicht zu fassen bekam.
So konnte er auch nicht bremsen.
Sie bekamen immer mehr Fahrt.
Das Lieferdreirad schlingerte wie verrückt.
Vater konnte das Lenkrad kaum halten.
„Halte dich gut fest!“,
schrie er Geertje zu.
Geertje kreischte vor Angst.
Sie sah es alles schon vor sich!
Das Lieferdreirad würde umkippen
und sie würden sehr hart fallen.

Von den Kartoffeln und dem Rest
gar nicht zu reden!
Was für ein Glück,
dass auf dem Weg kein Verkehr war.
Es lief alles noch gut ab.
Sobald der Weg nicht mehr abfiel,
fuhr das Lieferdreirad langsamer
und Vater bekam die Pedale wieder zu fassen.
Er bremste und stieg ab,
um seine Stirn abzuwischen.
„Na, das ist noch mal gut gegangen."

Für Geertje war es nicht so gut ausgegangen.
Sie hatte vor Angst in die Hose gemacht,
aber das sagte sie nicht.

Mutter war sehr froh über die Lebensmittel.
Aber die Freude dauerte nicht lange.
Als sie die erste Portion Kartoffeln schälte,
stellte sich heraus, dass alle erfroren waren.
Geertje war wütend! Diese Betrüger!
Alida durfte nicht mit einem Deutschen gehen,
weil das der Feind war.
Aber jetzt waren sie
von ihren Landsleuten betrogen worden.
Waren diese Menschen etwa Freunde?

III. Die Befreiung 1945

Schwarze Träume

Weihnachten 1944 wurde ein trauriges Fest.
Der Krieg hätte schon vorbei sein müssen.
Der Süden der Niederlande war bereits befreit.
Der Vormarsch der Alliierten,
England, Amerika und Kanada, war gestoppt.
Im restlichen Land herrschte große Not.
Vor allem in den Städten
starben die Menschen an Hunger und Kälte.
Sie wurden in Pappkartons begraben.
Essen und Brennmaterial waren jetzt
fast nicht mehr zu bekommen.
Geertjes Vater kam nicht mehr aus dem Bett.
Er war zu schwach, um zu laufen.
Geertjes Mutter fiel ein paar Mal am Tag um,
weil ihr flau war vor Schwäche und Hunger.
Geertje sah aus wie ein Skelett,
das mit grauer Haut überzogen war.
Im Spiegel sah sie einen seltsam großen Kopf,

darunter einen Körper,
der kaum noch als solcher zu erkennen war.
Ihre Augen sahen aus wie hohle Löcher,
wie bei einem Totenschädel.
Den Kleinen ging es noch am besten.
Sie bekamen zweimal die Woche
ein bisschen Milch.
Dafür sorgte der Arzt.
Geertje träumte die verrücktesten Dinge.
Sie hatte noch nie in ihrem Leben
so viel und so Seltsames geträumt.
Sie träumte von schwarzen Vögeln,
die auf ihrem Bettrand saßen.

„Komm mit“, krächzten sie
mit rollenden roten Augen.
„Komm mit,
dann fliegen wir
ins Niemals-Land.“
Gerade als Geertje die gruseligen Kerle
in ihrem Traum verjagen wollte,
träumte sie schon wieder
etwas anderes.
Frau Middag und Appie tanzten zusammen
den Holzschuhtanz.
Beide hatte schwarze Uniformen
mit Hakenkreuz-Abzeichen an.
Wovon sie auch träumte,
immer war es schwarz.
Schwarze Cremeschnitten lagen
auf einem schwarzen Teller,
der sie mit einem schwarzen Mund anlachte.
Ihre schwarzen Arbeiterschuhe
waren voll Lakritzwasser,
in jedem Schuh ein Strohhalm.
Nach jedem Traum fühlte sie sich
noch müder und erschöpfter.

Sie traute sich beinahe nicht mehr
schlafen zu gehen.

Am ersten Weihnachtstag saß Geertje
in eine alte Decke gewickelt
am kalten Kachelofen.
Ihre Eltern lagen beide im Bett.
Sie passte auf die Kleinen auf.
Hansje spielte mit
einer Hand voll Wäscheklammern.
Annie sang Lieder,
eine Flickenpuppe an ihre Wange gedrückt.
Geertje hatte gerade Geburtstag gehabt,
sie war vierzehn Jahre alt geworden.
Kein Fest, keine Geschenke,
nur Hunger.
Was sollte aus ihnen werden?
Wie lange konnten sie es noch aushalten?

Sie versuchte daran zu denken,
wie es früher war.

Sie hatte auch mit Puppen gespielt.
Mutter hatte wohl zwanzig Kleider
für ihre Lieblingspuppe genäht.
Jetzt waren die Puppe und die Kleider
beim verrückten Gerrit.
Das Puppenbett aus Holz
war im Kachelofen verheizt –
wie die Bauklötze und das Holz-Auto
von Hansje.
Ach, sie war jetzt doch zu groß,
um mit Puppen zu spielen.
Und Hansje vergnügte sich bestens
mit den Wäscheklammern.
Sie waren seine Soldaten.

Geertje wusste noch,
wie es auf der Grundschule gewesen war.
Der große schwarze Kachelofen
in der Klasse brannte,
bis das Rohr rot glühte.
Kurz vor der Pause bekamen sie
eine Flasche Schulmilch.

Man muss sich mal vorstellen,
ein Viertel Liter Milch für jedes Kind!
Jeden Tag!
Mittags aß sie Weißbrot mit Butter und Zucker.
So viel sie wollte!
Sonntags gab es Kekse
oder einen Riegel Schokolade.
Sie hatte Rollschuhe bekommen
und ein Springseil.
Geertje presste die Kiefer aufeinander.
Sie durfte gar nicht daran denken.
Es würde doch nie wieder so werden.
Es war ja auch egal,
dass sie kein sorgloses Kind mehr war.
Sie würde das Ende des Krieges
doch nicht mehr erleben.
Es dauerte viel zu lange.
Sie zog die Decke fester um sich.
Sie verstand es nicht,
sie verstand überhaupt nichts.

Weihnachten. Frieden auf Erden.
Aber es war Krieg.
Warum taten die Menschen sich das an?

Und warum machten sie alle mit?
Waren Erwachsene so wichtig?
War es wahr,
dass Erwachsene
alles besser wussten?
Es war nicht wahr!
Erwachsene hatten auch Angst.
Erwachsene wussten auch nicht alles.
Geertje kroch noch weiter in sich hinein.
Könnte sie sich doch nur
ganz in sich selbst verkriechen!
Man sollte darüber besser nicht nachdenken.

Dadurch fühlte man sich so allein
und das war zu schlimm.
Sie döste weg in das Land ohne Gedanken.
Nicht mehr da zu sein, das war noch das Beste.

Der Frühling brachte noch immer keine Rettung.
Geertjes Vater wurde immer kranker.
Sie hatten alle Angst,
dass er es nicht schaffen würde.
Geertje und Mutter saßen abwechselnd
an seinem Bett, um ihn wach zu halten
und um ihm zu helfen.
Aber vor allem, um aufzupassen,
dass er nicht in den Tod hineindöste.
Geertje hatte schreckliche Angst davor.
Dass sie selbst sterben könnte,
fand sie nicht mehr so schlimm.
Ich will nicht, dass Vater zuerst stirbt,
dachte sie.
Ich will nicht noch mehr Kummer haben.
Doch die Krankheit ihres Vaters
war die Rettung der Familie.

Der Arzt brachte eines Tages
ein Ei und eine Tüte Weizen mit.
Am Tag danach
hatte er ein halbes Pfund Butter dabei.
„Fragt mich nicht, wo es herkommt“, sagte er.
„Ich kann darauf keine Antwort geben.“
Nun konnten sie backen.
Geertje mahlte die harten Weizenkörner
in der Kaffeemühle.
Das war eine Höllen-Arbeit,
weil es schwer ging.
Aus dem Mehl wurden Pfannkuchen gebacken.
Das ganze Haus roch danach.
Sie bekamen alle etwas ab.
Vater konnte nur kleine Bissen essen,
jede Stunde ein wenig,
weil er sich sonst erbrechen musste,
und das durfte nicht sein.
Wenn sein Magen das Essen zurückgab,
schluckte er es wieder runter.
Das war schlimm anzusehen.

Vater war violett vor Anstrengung.
Er würgte und stöhnte,

aber meistens gelang es ihm,
die Nahrung bei sich zu behalten.
Er blühte ein wenig auf.
Sie erholten sich alle.
Der Arzt brachte jede Woche etwas mit.
Geertje bekam lange wollene Strümpfe.
Für Hansje hatte er eine Mütze,
die viel zu groß war.
Annie bekam Soldatensocken
und ein graues, wollenes Halstuch.
Bis der Arzt auf einmal nicht mehr kam.
Geertje wurde zu seinem Haus geschickt.
Der Arzt sollte weiterhin nach Vater sehen,
er konnte nicht einfach wegbleiben.
Die Frau des Arztes öffnete.
Sie erzählte Geertje,
was passiert war.
Die Deutschen hatten ihn beim Stehlen
in ihrem Lager erwischt.
„Sie haben doch alles von uns gestohlen“,
sagte die Frau des Arztes.
„An die 500 Paare wollene Kinderstrümpfe
aus der Fabrik in Twente lagen da.

Und unsere letzten Lebensmittel
reißen sie sich unter den Nagel.
Sie haben ihn mitgenommen
mit dem Gewehr im Rücken."
Geertje heulte die ganze Nacht,
bis ihre Augen fast zugeschwollen waren.
Noch mehr Hunger,
das würde ihren Tod bedeuten!

Und dann passierte kurz danach ein Wunder.
Aus Schweden kam Weißbrot.
Es wurde aus Flugzeugen geworfen.
Die Alliierten machten auch mit.
Sie warfen große Keksdosen aus den Flugzeugen.
Der Krieg würde nicht mehr lange dauern.
Die Russen standen vor Berlin,
die anderen Alliierten rückten vor.
Die Deutschen hatten den Krieg schon verloren,
aber sie gaben noch nicht auf.
„Durchhalten bis zum letzten Mann",

hatte Hitler gesagt.
Geertje verstand das nicht.

Mussten noch mehr Menschen fallen?
Auf deutscher Seite kämpften nun Jungen
von 15 oder 16 Jahren.
Wie lange wollte der Verrückte in Berlin
noch weitermachen?
Sie sollten es unter sich aus machen,
die Erwachsenen mit ihrem großen Krieg!
Es gab Brot! Kostbarer als Gold,
schöner als die schönste Geschichte
war das Weißbrot aus Schweden.
Geertje biss in das schneeweiße Butterbrot.
Sie konnte nicht langsam und sparsam sein.
Nach diesem bekam sie noch eines
und noch eines!
Wenn sie es nicht selbst schmecken würde,
würde sie denken, sie träumte!
Wenn sich ihr Magen
nicht so selig anfühlen würde,
würde sie es niemals glauben!
Sie waren gerettet!

Der liebe, schöne, herrliche Frieden

Am Abend des 4. Mai 1945
gaben die Deutschen den Kampf auf.
Es war acht Uhr,
bis sie bei Geertje zu Hause davon hörten.
Die Nachbarn kamen und erzählten es.
Vater kam aus seinem Bett.
Gestützt von Mutter und Geertje
humpelte er nach draußen.
Alle standen beieinander,
auf dem Platz beim Lebensmittelhändler.
Geertje sah Väter und Söhne,
die sie jahrelang nicht gesehen hatte.
Die hatten sich also alle versteckt.
Menschen,
die sich beinahe nicht kannten,
küssten und umarmten sich.
„Wir sind frei, wir sind frei,
wir haben es geschafft!“

Rotweißblaue Fahnen
kamen zum Vorschein.
Mutter holte Annie und Hansje aus dem Bett.
Sie kamen in ihren löchrigen Nachthemden
nach draußen.
Alle beide hatten orangefarbene Schals um!
Geertje musste darüber lachen.
„Ich wusste gar nicht, dass wir die hatten.
Das wusste ich nicht!“
Jan vom Lebensmittelhändler teilte Kekse aus.
So unterernährt und kraftlos sie waren,
fingen die Menschen an zu tanzen.

Sie tanzten im Kreis wie glückliche Kinder,
die auf der Straße spielten.
Dann begann jemand zu singen:

Mijn schild ende betrouwen,
zijt Gij, o God mijn Heer.
Op U zo wil ik bouwen,
verlaat mij nimmermeer.

Geertje begriff nichts von den Worten,
trotzdem rollten dicke Tränen über ihre Wangen.
Es klang so schön und feierlich.
Es war ein Stück aus ihrer Nationalhymne,
dem Wilhelmus.
Die konnten sie nun einfach laut singen.
Als die Nationalhymne zu Ende war,
begannen sie zu singen
„Ein Hoch auf Oranien ...“
Die Menschen sangen auf einmal alle mit:
„Ein Hoch auf Oranien,
ein Hoch auf Oranien,
es lebe die Königin!“
Alle schienen wie eine glückliche Familie!

Drei Tage später kamen die Befreier ins Dorf.
Sie kamen mit Panzern, Jeeps und Lastwagen.
Jungen aus Kanada, aus England, aus Amerika.
Junge Soldaten, die alle fröhlich guckten.
Auch für sie war es vorbei. Das Kämpfen,
die Angst, der Tod, der Schrecken.
Sie würden bald nach Hause fahren.
„Ihr seid zur rechten Zeit gekommen.
Thank you, boys, thank you!“
Die Befreier verteilten Zigaretten
und Schokolade.
Die Menschen sprangen auf die Jeeps
und auf die Panzer.
Sie fuhren mit, jubelten und winkten
den Menschen an der Seite zu.
Auf den Straßen
wurde Abend für Abend gefeiert.
Geertje faltete mit anderen aus der Straße
hunderte von Papierrosen zur Verzierung.
Das Frühjahr war herrlich,
die Sonne schien jeden Tag.
Es war, als ob die Vögel
sich auch befreit fühlten.

Es war,
als ob sie festlicher sangen
als jemals zuvor.
Die Befreier feierten die Feste mit.
Sie brachten Geertje das Tanzen bei.
Die Fanfare sorgte für die Musik.
Geertje tanzte
mit ihren plumpen Arbeiterschuhen.
Die waren noch immer nicht verschlissen.

Sie genoss es,
wie sie es noch nie genossen hatte.
Sie rauchte ihre erste Zigarette
und erstickte fast dabei.

Sie war satt und hatte keine Angst mehr.
Keine Flugzeuge, keine Bomben,
kein Hunger mehr.
Dass so etwas möglich war!
Es schien der Himmel zu sein.
Schöner, lieber, herrlicher Frieden!

„Mama, Mama,
sie haben das Haus und die Scheune
vom verrückten Gerrit angezündet!
Es stand noch bis zum Rand voll mit Sachen.
Sogar Butter und Wein."
Geertje rannte ins Haus.
„Komm, sieh dir das an.
Es brennt wie eine Fackel!"
„Oh, lieber Himmel, nicht doch!"
Wieder lief die ganze Nachbarschaft hinaus.
Das Haus brannte lichterloh.
Die Menschen lachten
und beschimpften den verrückten Gerrit.
Der stand mit dem Kopf in den Händen da
und wiegte sich vor und zurück.

Er jammerte wie ein kleines Kind.
„Halt den Mund, du dreckiger Lump!“,
rief ein Mann, den Geertje nicht kannte.
Er verpasste dem verrückten Gerrit
einen harten Schlag.
Der fiel zu Boden
und jammerte noch lauter.
Da begann der Mann zu treten.
Er traf den verrückten Gerrit,
wo er ihn treffen konnte.
„So behandeln wir Mistkerle,
die am Krieg verdienen wollen!“, schrie er.
„Mit den Moffen unter einer Decke stecken,
um reich zu werden! Du Lump!
Hier, das ist für die Kinder,
die verhungert sind.
Während du Essen hattest, du Elender!
Und dies ist,
um es dir endgültig abzugewöhnen,
du Habgieriger!
Und dies und dies auch!“

Der verrückte Gerrit blutete
aus dem Mund und aus den Ohren.

Die Menschen zogen den Mann von ihm weg.
„Es ist genug, komm, du bringst ihn noch um."
Jemand half dem verrückten Gerrit
sich aufzurichten.
Da schob sich Frau Middag durch die Menschen.
Sie nahm Gerrit beim Arm
und nahm ihn mit nach Hause.
„Komm nur, ich werde für dich sorgen.
Mein Appie kommt doch nie mehr zurück."
Da wurde auch sie ausgebuht.

„Dummer Gerrit", sagte Geertje,
als sie wieder zu Hause waren.
„Ich habe ihn noch gewarnt."
„Der arme Junge weiß es nicht besser",
sagte Mutter. „Er hat niemanden,
der sich um ihn kümmert."
„Jetzt hat er Frau Middag", sagte Geertje.
„Verrückt, dass sie denkt,
Appie kommt nicht mehr zurück.
Natürlich kommt er zurück."
„Nein, er kommt nicht mehr", sagte Mutter.

„Sie hat ein halbes Jahr nach der Verhaftung
Bescheid bekommen,
dass er im Lager Amersfoort
zum Tode verurteilt
und erschossen worden ist."
Geertje biss sich auf die Lippen.
Sie wollte kein Mitleid haben
und sich schlecht fühlen.
Sie wollte fröhlich sein, nur fröhlich!
Es sollte gefeiert werden
und jeder sollte fröhlich sein.
Alle sollten eine große Familie sein.
Schöner, herrlicher, lieber Frieden!
„Beim Bauern in Woudenberg
ist der Kram auch angezündet worden",
erzählte Vater.
„Er hatte mehr als 100 Elektro-Herde.
Und noch viel mehr andere Sachen.
Der ganze Kram ist verbrannt."
Geertje dachte an ihr Armband
mit dem Zehncentstück aus Silber.
Ob die Bäuerin das noch hatte?
Dann konnte sie es sich einmal zurückholen.

Auf dem Platz vor dem Laden
stand ein Bauernkarren.
Was war da nun wieder los?
Geertje kroch zwischen den Beinen durch.
War da ein Fest, von dem sie nichts wusste?
Das musste sie aus der Nähe sehen.
Auf dem Karren
stand ein hölzerner Küchenstuhl.
Auf dem Stuhl saß Alida Stroe.
Zwei junge Kerle waren gerade dabei,
sie festzubinden.
Sie wehrte sich nicht,
sie rührte sich nicht mal.
Geertjes Herz begann zu wummern,
bis sie es in ihrem Puls klopfen fühlte.
Sie wollten Alida bestrafen!
Alida war eine Moffenhure!
Was hatten sie vor?
Einer der Männer nahm eine Schere
aus der Tasche seines Overalls.

Er begann Alidas Haare abzuschneiden.
Alida hatte schönes langes Haar,
das mit Kämmen hochgesteckt war.

Schnipp, schnipp.
Lose Haarsträhnen fielen auf den Karren.
Alida sah starr vor sich hin.
Sie rührte sich noch immer keinen Fingerbreit!
„Nicht“, flüsterte Geertje, „nicht!“
Natürlich hörte sie niemand.
Als Alidas Haar ganz kurz war,
wurde ihr Kopf eingeseift.
Danach rasierte der Mann ihren Kopf
mit einem großen Messer kahl.
Er machte das nicht sehr vorsichtig.
Das Blut kam durch die Haut.

Geertje stand nur da
und schaute auf das grässliche Messer.
Warum lauf ich nicht weg?, dachte sie.
Ich will hiermit nichts zu tun haben.
Warum passieren all diese scheußlichen Dinge?
Es stimmte nicht!
Erst waren die Holländer gut
und die Deutschen schlecht.
Und wer für Deutschland war,
war auch schlecht.
Und nun benahmen sich die Holländer schlecht.
Das sollte nicht sein.
Sie wollte das nicht sehen,
sie musste weg.
Aber sie lief nicht weg,
sie konnte nicht weg.
Sie musste wissen, wie es weiterging.
Wie seltsam Alida aussah
mit dem bleichen, kahlen Kopf.
Warum kämpfte sie nicht?
Warum bespuckte sie den Kerl nicht?
Warum stieß sie ihn nicht?
Warum ...?

Der zweite Mann tauchte einen dicken Pinsel
in eine Farbdose.
Rote Mennige.
Damit wurde ein rotes Hakenkreuz
auf Alidas Kopf gemalt.
„Das machen wir mit allen Moffenhuren“,
sagte der Mann.
Er knotete die Schnüre los.
Aber Alida stand nicht auf.
Sie blieb sitzen
und sah mit leeren Augen vor sich hin.
Da tat Geertje etwas Dummes.
Sie rannte nach vorn
und kletterte auf den Karren.
Stolpernd lief sie zu Alida
und gab ihr einen Kuss
auf den kahlen Kopf.
„Liebe Alida“, flüsterte sie.
„Noch mal danke,
dass du mich damals gewarnt hast,
wegen der Zeitungen.
Und weil du die Marken zurückgegeben hast.
Du bist lieb, Alida!“

Sogleich begann Alida zu weinen.
Ihre Schultern zuckten
und sie schluchzte wie ein Kind.

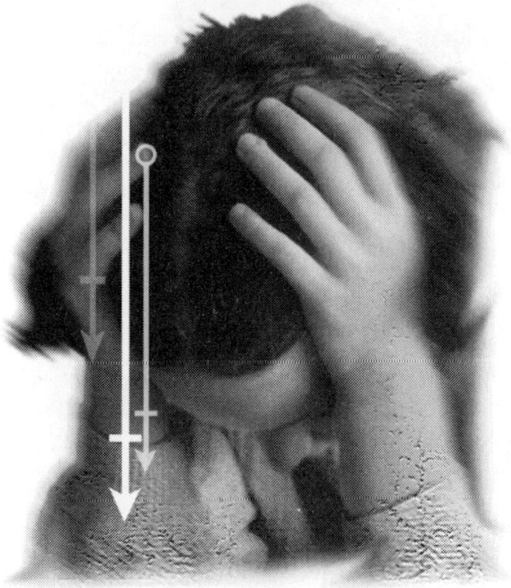

Die Menschen lachten,
klatschten und jubelten.
Sie dachten,
dass Geertje Alida verspotten wollte.
Geertje rannte nach Hause,

geradewegs nach oben in ihr Zimmer,
und kroch ins Bett.
Sie zog die Decke über den Kopf.

Der Frieden,
der liebe, schöne, herrliche Frieden
war für sie total verdorben.

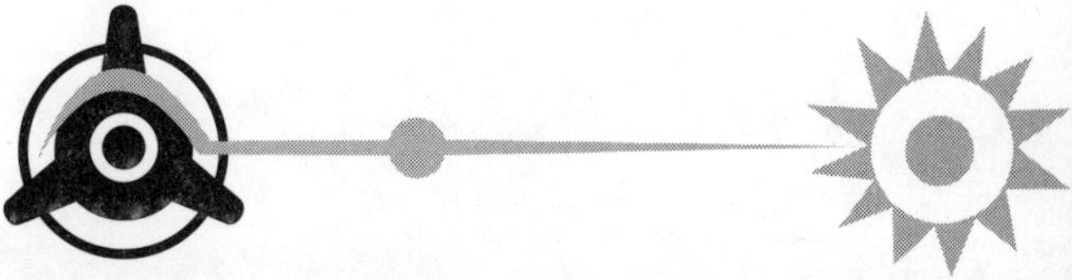

Lies mich!

RTB Leseprobe

Inge Meyer-Dietrich

Und das nennt ihr Mut

Andis Hände stecken tief
in seinen Jackentaschen.
Der Himmel hängt bis auf die Dächer runter.
Er ist grau von Schneewolken.
Nasse Flocken quellen daraus hervor.
Immer wieder landen einige davon
auf Andis Gesicht.
Er wird im Gedränge der Fußgängerzone
hin und her geschoben.
Aus den Geschäften kommt Weihnachtsmusik.
Oh du fröhliche.
Klingglöckchen.
Stille Nacht.
Gegenüber dem Kaufhaus
spielen junge Leute auf Instrumenten,
die Andi nicht kennt.
Hört sich gut an.

Nicht so bescheuert wie die Weihnachtslieder.
Niemand bleibt bei den Musikern stehen.
Nur wenige Münzen
liegen in dem Hut am Boden.
Die Leute hier in der Fußgängerzone,
die sehen und hören nichts.
Die kaufen nur wie verrückt.
Ihm soll es recht sein.
Je voller das Kaufhaus ist, umso besser.

Andi merkt jetzt erst,
dass er schon vor dem Haupteingang steht.
Er lässt sich mit der Menge
in das Kaufhaus hineinschieben.
„Pass doch auf, verdammt!"
Die Frau, die so schreit, ist beladen mit Tüten.
Andi kann den kleinen Jungen
gerade noch auffangen.
„Heul bloß nicht!",
schimpft die Frau mit dem Kind.
„Auf der Rolltreppe musst du aufpassen!

Ich kann dich nicht festhalten.
Ich hab beide Hände voll!"
„Er ist doch noch klein", sagt Andi.
„Klein. Der ist drei.
Hat ja wohl Augen im Kopf!"
Und schon verschwindet die Frau
mit dem Jungen im Gewühl.
Drei. Bennie ist auch drei.
Aber Andi will jetzt nicht
an seinen kleinen Bruder denken.
Der wird nie so angeschrien. Der nicht.

Im dritten Stock kennt Andi sich am besten aus.
Hier gibt es Computer und Stereoanlagen,
Fernseher, CD-Player und Walkmen.
Bei den Gameboys und den Videospielen
hängen wieder jede Menge Kinder rum.
Die beiden Verkäuferinnen
sehen total genervt aus.
Heute verkauft hier außerdem ein junger Mann,
den Andi noch nie gesehen hat.
Null Ahnung hat der, muss dauernd fragen.

Gerade nimmt er zwei teurere Walkmen
aus einem Glasschrank.
Eine junge Frau schaut sich
die Geräte gründlich an,
schließlich geht sie aber
mit einem von den billigeren zur Kasse.
Der Aushilfsmensch ist beschäftigt.
Die verschmähten Walkmen
stehen vergessen neben dem Glasschrank.
Andi schwitzt.
Gleich, denkt er, gleich.
Noch einmal. Nur noch heute.
Dann hab ich's geschafft.
Sie haben es mir wohl nicht zugetraut.
Mike schon gar nicht.
Als ob ich das nicht gemerkt hätte!

Andi zieht den Reißverschluss seiner Lederjacke
ein bisschen nach unten.
Gut, dass die Jacke weit genug ist.
Er versucht,
sich näher an die Walkmen heranzuschieben.

Wenn er nur nicht so unruhig wäre!
Ich brauch doch keine Angst zu haben,
redet er sich ein.
Bis jetzt hat es immer geklappt.
Warum soll es heute schief gehen?
Er guckt sich verschiedene Kassettenrekorder an.
Dreht die Preisschilder rum.
Kein Mensch achtet auf ihn.
Und schon hat er einen Walkman
unter seiner Jacke.
Nein, jetzt bloß nicht wegrennen.
Cool bleiben. Nicht auffallen.
Sein Herz soll nicht so laut klopfen. Verdammt!
Er muss sich zwingen, langsam zu gehen.
Das muss er jedes Mal hinterher.

Andi sieht sich
in einem großen Kaufhausspiegel.
Sieht so ein Dieb aus?
Quatsch! Ich bin kein Dieb.
Normalerweise jedenfalls nicht.

Ich gehör zu Mike. Zu seiner Gang.
Früher hieß das Bande.
In Amerika sagen sie Gang.
Mike steht auf Amerika.
Mike hat auch den Namen
für die Gang ausgesucht.
Sharks nennen sie sich.
Klingt doch viel besser als Haie,
hat Mike gemeint.
Ich hab drei Walkmen
in einer Woche versprechen müssen.
Heute ist Freitag.
Montag hab ich den ersten gebracht.
Jetzt kannst du nicht mehr
über mich lästern, Mike!

Die Rolltreppe bringt Andi ein Stockwerk tiefer.
Niemand scheint ihm zu folgen.
Er kann den Walkman unter seiner Jacke
gut mit einer Hand festhalten.
Mit der rechten,
die tief in seiner Jackentasche steckt.

Ewig dauert das,
bis man sich so wieder aus dem Kaufhaus
rausgeschoben hat.
Er kommt in die Schreibwarenabteilung.
Auch hier ist es rammelvoll.
Die Leute suchen Weihnachtskarten aus
und Geschenkpapier.
„He, hier geblieben! Das gibt's doch nicht!"
Andi ist eingekeilt.
Er kann weder vor noch zurück.
Neben ihm wird ein alter Mann
von einem Pärchen festgehalten.
Der Alte versucht sich loszureißen.
„Von wegen abhauen!", schreit die Frau.
Der Mann neben ihr
hat den Alten am Arm gepackt.
Es ist so spannend wie im Fernsehen.
Die Leute vergessen sogar
ihre Weihnachtskarten
und das dämliche Geschenkpapier.
Alle glotzen.
Starren auf den alten Mann,
der irgendetwas in der Hand hält.

„Ich hab's genau gesehen", sagt die Frau.
„Alleskleber, 'ne große Flasche.
Hat er da drüben geklaut."
Und der Typ, der wohl zu ihr gehört,
hält immer noch
den Arm von dem Alten umklammert.
Er sagt aber nichts,
hat die Lippen zusammengepresst.
Wütend sieht er aus.
Vielleicht ist es ihm peinlich,
dass alle Leute stehen bleiben und glotzen.
Und der alte Mann sieht aus,
als würde er gleich anfangen zu weinen.

Inzwischen ist einer im grauen Anzug
gekommen.
Er schiebt die Leute, die ihm im Weg sind,
einfach beiseite.
Der muss das schon öfter gemacht haben,
das merkt man.
Der ist bestimmt Hausdetektiv.

Andi schwitzt wie im Sommer
in Italien am Strand.
„Kommen Sie bitte mit!“,
sagt der im grauen Anzug.
Es klingt wie ein Befehl.
Andi weiß nicht,
ob nur der alte Mann gemeint ist
oder auch die beiden,
die ihn immer noch festhalten.
Andi hält den Walkman
unter seiner Jacke genauso fest.
„Sie wissen,
dass wir jeden Diebstahl anzeigen“,
sagt der im grauen Anzug laut.
Der alte Mann duckt sich,
als wenn ihn jemand schlagen wollte.
Das gibt’s doch nicht, denkt Andi.
Die können den doch nicht so fertig machen!
Er sieht,
wie sie den Alten in den Aufzug schieben,
die Frau, der Mann und der im grauen Anzug.
Ziemlich grob.
Und er sieht noch einmal,

wie der alte Mann guckt,
bevor die Aufzugtüren zugehen.
Scheiße!
Um Andi herum reden die Leute.
Regen sich fürchterlich auf.
„Eine Schande. In dem Alter.
Muss man sich ja über die Jugend
nicht wundern!"
„Sogar die Kinder klauen heutzutage schon
wie die Raben.
Und nicht nur in Nachbars Garten
wie wir früher ..."
Andi hält den Walkman so fest,
dass ihm die Hand weh tut.
Bloß raus hier, ganz schnell!

Er lässt sich einfach wieder
im Gedränge mitschieben.
Erst an der Martinskirche merkt er,
dass er in die falsche Richtung geht.
Er guckt auf die Kirchturmuhr. Viertel vor vier.
Um vier treffen die Sharks sich bei Rolf.

Vorher nach Hause zu gehen lohnt sich nicht.
Was soll er auch da?
Mama würde nach den Schulaufgaben fragen.
Und natürlich sind die noch nicht fertig.
Warum begreifen seine Eltern nicht,
dass er anders ist als Kerstin?
Die schafft die Realschule mit links.
Und er quält sich auf der Hauptschule ab.

Andi hat den Walkman jetzt
so unter die Jacke geschoben,
dass er ihn mit der linken Hand
festhalten kann.
Die rechte ist schon ganz taub.
Hinter einer Litfaßsäule zieht er
eine Plastiktüte aus seiner Hosentasche
und lässt den Walkman hineinrutschen.

Um die Ecke fängt der Weihnachtsmarkt an.
Es riecht nach gebrannten Mandeln.
Andi kauft sich eine kleine Tüte.

Gleich fünf von den süßen Dingern
schiebt er auf einmal in den Mund.
Er zerkracht sie mit den Backenzähnen.
Langsam wird er wieder ruhig.
Aber der alte Mann
geht ihm nicht aus dem Kopf.
Warum hat der bloß den Alleskleber geklaut?
Ausgerechnet?
Und warum haben die ihn
wie einen Verbrecher behandelt?
Wegen so 'n paar Mark?
Bei mir hat alles geklappt, denkt Andi.
Eigentlich müsste ich jetzt froh sein.
Aber ich fühl mich ganz komisch.
Er kommt an Spielwaren König vorbei.
Sein Blick bleibt an einem Feuerwehrauto
hängen.
Dabei sind doch so viele andere Sachen
im Schaufenster ausgestellt.
Andi will nicht
an das rote Feuerwehrauto denken.
Und an Bennie schon gar nicht.
Kerstin in klein, sagen alle.

Klar, die beiden sind eigentlich in Ordnung.
Bennie ist süß.
Und Kerstin?
Die hat immer schon mehr Glück gehabt als er.
In allem.
Seine Eltern hätten ihn
ruhig weglassen können.
Drei Kinder sind sowieso zu viel
für eine Familie.

„Räum doch bitte die Legokiste ein“,
hat seine Mutter gestern wieder mal gesagt.
„Ich?“, hat Andi gefragt.
„Wer denn sonst?“
Seine Mutter war total gereizt.
„Als du so klein warst,
hab ich auch immer ...“
„Ist ja schon gut“, hat Andi gesagt.
Aber er sieht nicht ein, warum immer er
Bennies Legosteine aufräumen soll.
Wo die in der ganzen Wohnung rumfliegen.
Er ist ja schließlich nicht die Mutter.

Das rote Feuerwehrauto lag auch da.
Mitten zwischen den Legosteinen.
Bennies Lieblingsauto.
Mama war gerade in der Küche
und hat einen Apfel
für ihren Kleinen geschält.
Da ist Andi einfach
auf das Feuerwehrauto draufgetreten.
Zweimal. Ganz fest.
War ein irres Geräusch.
Er hat das kaputte Auto
unter das Schaukelpferd
im Kinderzimmer geschoben.

Auszug aus dem Ravensburger Taschenbuch
2059 „Und das nennt ihr Mut“
von Inge Meyer-Dietrich.